U0082785

幽靈晚餐

攝影／CJZ.Moment

攝影／CJZ.Moment

攝影／CJZ.Moment

本劇獻給盜火劇團創團團長
謝東寧（1968-2019）

無意間犯下的罪　以友誼為代價

在這餐桌上　沒有人是無辜的

目錄

序言
懸疑三部曲——重回我的夏日小屋

　　二〇〇八年，我寫下了人生中第一個舞台劇劇本。彼時的我從未想過，十年後的冬天，我的人生和創作會遇到巨大的瓶頸，也就是在同一時間，我突然迷上了史蒂芬・金（Stephen King）。那之後的好幾個月，我都無法從他的故事中脫身，現在想來，這大概是我人生中最幸運的一次的心血來潮。

　　史蒂芬・金是如此善於用故事操控人心，他筆下的場景都來自看似平凡無奇的日常生活，然而，從日常的縫隙裡忽然迸發出的未知的恐懼，會讓人瞬間墜入深淵，那是無法掌控自己的日常生活、自己所熟悉的事物的恐懼。

　　合上書的那個夜晚，我坐在書桌前，決定改變自己創作的習慣。從前的我總會先想「我要說什麼」，但那時的我，決定要先思考「我要怎麼說」。不知是不是受到史蒂芬・金小說筆下氛圍的影響，我在紙上寫下了「懸疑三部曲」這幾個字，這也就是一切的開始。

　　「懸疑」是某種說故事的類型，是觀眾所熟悉的主題，有其特有的敘事節奏，甚至是角色的樣貌。在書寫時，我希望在一開始就能和觀眾建立基本的溝通默契。不過即使如此，「懸疑三部曲」也仍舊各自風格迥異。首部曲《幽靈晚餐》用一場一景、回憶的錯置，來探討

集體霸凌；二部曲《雪姬來的那一夜》用雙線結構，透過記者追訪一名神祕人的過程，探討媒體亂象和性別認同的歧視；終曲《艋舺公園殺人事件》，則是用多重線索和超現實的黑白電影氛圍，以及觀眾所熟悉的警匪緝兇橋段，探討社會驅逐的主題。

書寫「懸疑三部曲」的過程極富挑戰性，同時也極其令人興奮。我總是忍不住想像自己坐在切爾西餐廳中，和幽靈們度過不斷輪迴的一夜，想像自己和雪姬一同攀上雪之國的頂峰，俯視孤獨而寂寞的冰封之地，想像自己開著警車，在艋舺的大街小巷穿梭，迷失在黑暗的城市中。

在這四年的書寫之中，我找回了創作的喜悅和信心，同時，也讓我重新想到史蒂芬・金。在人生最糟糕的時候，他也不曾停止寫作，雖然有的時候，寫出來的東西十分平淡，但他沒有停止。他花了很多時間，終於成功重新啟動自己，他把這個過程形容為：

「就像在長長的冬天之後，回到夏日小屋一般地回來了……東西都還在，一切完好，等到管線都解凍了，電力也重新開啟後，一切就運作正常了。」

這是我讀過最精確、最充滿信心、最有希望的譬喻。

我想對那些永遠相信我、並且在寒冬仍舊堅守著我的夏日小屋的人們深深致謝。謝謝我的爸爸媽媽、永遠在天上看顧我的大東，謝謝盜火大家庭的家人們，以及「懸疑三部曲」所有的劇組夥伴。在你們

的陪伴下，我終於重回了自己的夏日小屋，即使它已經被名為自我懷疑、創作焦慮、不安於現狀的雜草佈滿，但我選擇躺在它們中間，和它們共處一室，因為我相信其中一株一定會開花。因為我和你們一樣相信，我的夏日小屋永遠都在，它不會消失，不會破損，因為沒有任何人可以偷走其中的任何東西。

—— 劉天涯

推薦序
推理女王的誕生

　　很少人留意到，知名的希臘悲劇《伊底帕斯王》，其實是人類史上最早的推理劇。在劇中，城邦因瘟疫陷入危機，神諭表示必須找出當年殺死先王的兇手，而現任國王伊底帕斯王則誓言，他一定會找出嫌犯，將其繩之以法。當然，推理劇最重要的特色，是兇手必須是觀眾意料之外的人物。我們想像一下，在兩千四百多年前的雅典，當時人們不像現在的觀眾，有大量的電影、電視、串流節目可以看，更沒有柯南・道爾、阿加莎・克里斯蒂、松本清張、東野圭吾等人的大量推理小說可讀。古代的觀眾對推理這個類型一點都不熟，所以當結局揭露，原來殺人的兇手就是現任國王自己時，對現場觀眾在情感上的震撼是可想而之，亞里斯多德稱之為洗滌。

　　對於習慣推理類型的當代觀眾來說，故事的懸疑性，有時我們稱之為娛樂性，經常出現在影視或小說等說故事的媒材，但卻不常出現在劇場當中，當代劇場似乎更屬於文青，而非大眾。但是，劇場以前也是大眾娛樂的一部分，莎士比亞的《哈姆雷特》亦是某種推理劇，他與偵探一樣，裝瘋賣傻，為的是想查出殺父的仇人到底是誰。莎士比亞時代的觀眾並沒有劇本可以先讀，觀眾不知道他們眼前的演出，是未來的文學經典，他們看戲的心態比較接近我們現在去看院線片，

而且是到了現場才知道故事內容。對當時的觀眾來說，《哈姆雷特》就是一齣充滿刺激，令人血脈賁張的推理復仇劇，難怪王公貴族與市井小民都擠到倫敦的環球劇場看演出。

台灣大多數的當代劇場，都遺忘了推理劇所能帶給觀眾的基本樂趣與震撼，拱手讓給其他媒體。幸好劉天涯完成了《幽靈晚餐》，帶給我們在劇場失去已久的解謎與復仇。不過，《幽靈晚餐》不僅是一齣推理劇，它同時探索了劇場本身的複雜意義，像是故事中的學生戲劇社團，還有他們演出的希臘復仇悲劇《米蒂亞》，這些內容都與劇場相關，而不斷重演的聚餐夜晚，在餐桌上重演當年學生社團現場，都讓《幽靈晚餐》在主題、內容與表演形式之間，有著更深層與細緻的錯綜關係，說明了劉天涯不僅有說故事的能力，還有高超的文學技巧。

《幽靈晚餐》是劉天涯「懸疑三部曲」的首部曲，目前第二曲《雪姬來的那一夜》，與第三部《艋舺公園殺人事件》的劇本，都已創作完成，正陸續準備搬上舞台。《艋舺公園殺人事件》還獲得廣藝基金會 2022 年第四屆「表演藝術金創獎」的最佳人氣獎。

讓我們期待劉天涯會繼續在推理與復仇這條路上耕耘，成為台灣的推理劇女王。

—— 耿一偉

（衛武營國家藝術文化中心戲劇顧問）

推薦序
在夏日小屋外的「竊聽者」

定下這個題目，主要是想回應作者劉天涯的自序，我並非持熟賣熟，欲寫一篇私密序言，而是想以「竊聽者」的身份先帶領讀者輕觸天涯的內在宇宙。說是「竊聽者」，一定是長年累月待在小屋的門外。我是編劇也是導演，可謂是以不同身份、不同理由，來爭取待在門外這個絕佳的位置，「偷聽」這位年輕劇作家筆下不同角色的對白、對罵，甚至是一眾最私密的隱喻。

《家庭三部曲》——一則獻給二人為家的殘酷紀錄
2016 年 4 月 28 日《那邊的我們》
2016 年 11 月 3 日《姊妹》
2019 年 4 月 19 日《米奇去哪裡》

「家庭」與「二人對話」是天涯給自己的功課，我們在 2014 年北藝大的課堂上認識，繼而因為大東的堅持，我們兩位風格迥異的劇作家便放在一起做了「生存異境」，那時我便覺得她是一位對生活中的殘酷絕不放過的編劇，家庭不過是一個縮影，她要拿著顯微鏡看「人性」，人會在家庭這個本位中呈現出屬於人的醜陋示範，在她的家庭三部曲裡，她就像記者一般（她說過她很想去戰地當公民記者），而

人的第一個「戰場」便在家裡。她站在不同的家庭裡，不貪心、不疾不徐地以小觀大，用日常語言紀錄屬於他們的家庭戰爭。兩個人在一個以「家」作本位的密閉空間裡，總會以「愛」作矛、「生活」作盾，上演一幕幕攻防戰。在這系列中，我作為觀眾、讀者及創作伙伴，無不驚訝於她對細節的執著，總是隱藏著形式與技法，以人物推進戲劇，用最「簡陋」的方法書寫人性。角色間的對話來自日常生活語言，卻因劇場的魔力而超越生活。這系列讓我艷羨，因為她身為編劇，她擁有我所沒有的溫柔，以及內裡藏著的狠勁。

但我一直說，我期待看到更大的格局，而她總是謙說，她甘於當平凡人物的代言人、紀錄者，直至《幽靈晚餐》的出現。

2021 年 5 月 21 日《幽靈晚餐》（因疫情延到同年 12 月 10 日）

根據天涯的說法，家庭三部曲後，她進入了身為一個創作者的瓶頸；可能是生活的折磨，她面對著比她筆下角色更殘酷的折騰。她開始思考「出走」的可能。劇場或是藝術除了微觀生活，還可令觀者逃離現實，在似是而非的故事迷宮中看見社會中的眾生相。難產的她終於定下新方向──懸疑三部曲。敘事的形式是一個編劇的重要筆跡，而有別於家庭系列的白描紀錄，「懸疑」更是誘人的釣餌，當中嘗試著不同敘事技巧的巡禮、更具野心的格局，皆是創作者賣力向觀眾招手，盼望能一起經歷故事的獨特魅力。

回到此篇文章的開首，為何我甘願當「門外」的「痴漢」，一直窺視這位難得的伙伴、朋友與良性競爭的對手？除了妒忌外，我也想好好紀錄與學習。直到《幽靈晚餐》，身為導演的我好像更了解一些什麼，一些屬於編劇小屋內的創作秘密。演出已完結，望不會是封箱，但在這段時間，不論曾看過或未接觸過盜火製作的你們，現在鑰匙就在這系列劇本書的最後一頁，不論什麼時間什麼地點，只要你與我一同翻開，我們便可在這所夏日的小屋裡享用這頓故事的盛宴。

這便是出版的理由，若相信文字的力量，這便是身為第一批讀者的我最誠懇的推薦。

2022 年 9 月 26 日

—— 何應權
（盜火劇團藝術總監、《幽靈晚餐》導演）

幽靈晚餐

劇中人物

黃志彬，男

陳文皇，男

林文傑，男

簡慈恩，女

餐廳服務生

第一場
切爾西餐廳

（切爾西餐廳，鋼琴音樂流淌在空氣中。）

（餐廳服務生上場，檢查著餐桌和餐椅，隨後到服務台區等候。）

（黃志彬上，他停住腳步，看起來似乎有點猶豫，他從包包裡拿出一張邀請函，確認了一下，才走進餐廳。）

（服務生走向黃志彬。）

服務生：先生您好，一個人嗎？

黃志彬：噢，我是來赴約的。

服務生：是來參加「十木戲劇社」的聚會活動嗎？

黃志彬：啊，對。

服務生：好的，這邊請。

（服務生幫黃志彬帶位。）

服務生：請坐。

黃志彬：謝謝。

服務生：之前有來過我們餐廳嗎？

黃志彬：喔，沒有。

服務生：餐點的部分，需要我幫您做個介紹嗎？

黃志彬：沒關係，等一下好了，我想等朋友到了再一起點。

服務生：好的，我先幫您倒杯水。

黃志彬：好的。

服務生：您的水。

黃志彬：謝謝。

服務生：不客氣。

黃志彬：先生？

服務生：是。

黃志彬：不好意思，冒昧請問一下，我們之前是不是有見過？

服務生：什麼意思？

黃志彬：沒有，只是覺得你有點面熟。

服務生：還是您其實有來過我們餐廳？我們家已經開了四十多年
　　　　了，是老字號。

黃志彬：我沒有印象了，有可能是我記錯了，不好意思。

服務生：沒關係，先生，有需要請隨時按鈴叫我。

黃志彬：謝謝。

（服務生下場，黃志彬環視餐廳。片刻後，陳文皇和簡慈恩上場，三人對視。）

黃志彬：欸？

陳文皇：陳志哲？

簡慈恩：不是啦，是楊志偉啦。志偉，好久不見。

黃志彬：我是黃志彬啦，志彬。

陳文皇：黃志彬？……小胖？你怎麼變那麼多？

簡慈恩：好久不見啊——

陳文皇：真的是好久不見！

黃志彬：什麼風把你吹來了，大社長？

陳文皇：叫什麼社長，都幾百年前的事了。

簡慈恩：時間過再久，你也是我們永遠的社長啊，對不對？

黃志彬：那當然。

陳文皇：黃志彬，你真的是變很多耶。

黃志彬：沒有啦。

陳文皇：不過我們慈恩也變了。

簡慈恩：怎樣，什麼意思，變老了哦？

陳文皇：哪有，變漂亮了。

黃志彬：對啊。

簡慈恩：你們兩個，少來了！

黃志彬：你們一起來的？

陳文皇：沒有，在門口遇到的。

黃志彬：噢。

簡慈恩：幹嘛站著講話啊，我們找個地方坐吧。

黃志彬：我們坐這邊。

簡慈恩：好。

（三人入座，服務生上菜單、倒水。）

簡慈恩：真的是好久不見啊。

黃志彬：是啊，大家好久沒聯絡了。

陳文皇：畢業之後，這還是我們第一次見面吧？

簡慈恩：對啊，有十年了吧。

黃志彬：時間過得太快了。

陳文皇：大家有空真的應該多約出來見見面。

簡慈恩：你們是頭一次來這家餐廳嗎？

黃志彬：是啊。

簡慈恩：切爾西餐廳，聽都沒聽過，不知道他們的餐點怎麼樣。這
　　　　種老式餐廳，牛排通常都會煎得太熟。

黃志彬：對我來說，西餐廳都差不多。

陳文皇：不過這裡的環境還不錯啊。

簡慈恩：喔，是啦，也滿適合今天的懷舊氣氛的。

黃志彬：是啊。

簡慈恩：是吧，社長？

陳文皇：啊？喔，對啊。

簡慈恩：不過，現在應該是用餐的尖峰時間吧。

黃志彬：嗯。

簡慈恩：好像只有我們這一桌。

黃志彬：對耶。

陳文皇：這樣也好啊，方便我們等下講話嘛。

（服務生下場。）

簡慈恩：說吧，社長。

陳文皇：說什麼？

簡慈恩：今天這麼突然把我們叫過來，是為了什麼事？

黃志彬：對啊，社長，有什麼秘密計劃？

陳文皇：我？不是我呀。

黃志彬：不是你？

陳文皇：我是收到邀請函，才來這裡的。

黃志彬：真的假的？

簡慈恩：欸，我也以為是你。

陳文皇：我跟你們說，一定是林文傑。

（林文傑急匆匆跑上場，差點撞到要走回服務台的服務生。）

林文傑：不好意思！請問有「十木戲劇社」的聚會嗎？

服務生：有的，在三號桌。

林文傑：不好意思！我來晚了！

黃志彬：哎呀，看看誰來了。

林文傑：大家都到了啊。

陳文皇：還是老樣子，每次都是最後一個。

林文傑：抱歉抱歉。哇，大美女，簡慈恩。大社長，陳乂皇。欸，
　　　　大帥哥張志豪。

黃志彬：不是啦，我是黃志彬。

林文傑：志彬？小胖？你怎麼了，生病了？

黃志彬：沒有啦。

陳文皇：人家瘦身有成。

林文傑：厲害厲害，來轉一圈，轉一圈。哇——

陳文皇：快坐快坐，遲到大王。

林文傑：抱歉抱歉，臨時有客戶約我，我一結束就搭計程車趕過來
　　　　了。拜託，也沒遲到太久好不好，什麼遲到大王。

陳文皇：你現在在哪裡工作？

林文傑：小弟在保險公司，多多指教，多多關照。

簡慈恩：保險，很適合你耶，之前我們戲劇社的戲都是林文傑行銷
的，對不對？

黃志彬：對啊。

簡慈恩：所以現在是怎樣，用賣票的心情在賣保單嗎？

林文傑：哪有那麼容易，賣保險靠的不是話術，是心理素質。做我
們這一行的，要有比其他行業高上幾十倍的抗壓性。

簡慈恩：你要不要看看我的班表，我們可以聊聊什麼是「抗壓性」。

陳文皇：喔，比一下啊。

黃志彬：慈恩現在做什麼？

簡慈恩：空姐。

陳文皇：不錯啊，我記得妳高中的時候就想做空姐。

簡慈恩：沒有啦，天天日夜顛倒的，老了，快飛不動了。

黃志彬：不會啦。

簡慈恩：……謝謝。

林文傑：倒是我們的社長，前一陣子是不是在電視上看到你？

陳文皇：是嗎？

林文傑：你是不是有拍那個什麼，鬍子白白的，聖誕老公公那個？

陳文皇：刮鬍刀啦，刮鬍刀。

林文傑：對對！

簡慈恩：社長，你是不是還有拍三立的電視劇，我媽很喜歡你耶。

陳文皇：都是小角色啦，經紀公司安排的。

林文傑：欸！沒有小角色！只有小演員！

黃志彬：我要跟大明星拍張照。

陳文皇：幹嘛黃志彬，要拍大家一起拍啊。

黃志彬：好好好，一起拍。

（四人從座位上起身、合照。）

（四人盯著合照看了一陣子。）

黃志彬：我再發給大家。

林文傑：好。

黃志彬：現在我們這群人，就只剩下社長還在演戲了。

陳文皇：不要老是聊我了，你呢，小胖，現在在幹嘛？

黃志彬：我還是老樣子啊，在我老爸的電器行做事。

簡慈恩：哇，黃老闆。

黃志彬：什麼老闆，早著呢，現在最多算幫我爸打雜。

林文傑：黃老闆，現在你是給自己打工，慢慢來，做久了就是你的。不像我們，都在給別人賣命。就像我啊，賣不出去保單，就沒業績，也沒抽成。運氣好的時候月入十幾萬吧，運氣不好的時候，連底薪都沒有。

黃志彬：我跟你講，文傑，現在什麼工作都不好做。

林文傑：是啦是啦。

簡慈恩：大家都到齊了吧？

陳文皇：差不多了吧。

簡慈恩：那就開始吧。

林文傑：開始？

簡慈恩：沒有人要宣布什麼事情嗎？

林文傑：宣布什麼？

陳文皇：快點，林文傑，裝什麼傻？

黃志彬：快一點。

林文傑：真的假的，這麼明顯？好好好，我先來。（**拿出一瓶紅酒**）跟各位宣布一個好消息，過完年我就升上主任了！

簡慈恩：真的啊？

林文傑：今年接到幾個大單，我的業績是全公司第一。

（服務生為大家上紅酒杯。）

黃志彬：恭喜啊！

林文傑：哪裡，都是靠運氣啦。

簡慈恩：還有嘴砲。

陳文皇：你真的很無聊，今晚把我們幾個叫出來，就是為了炫耀？

簡慈恩：滿有他的風格的。

林文傑：嗯？什麼意思？

黃志彬：今晚不是你約我們大家來的嗎？

林文傑：不是耶，我是收到這個才來的。（**林文杰拿出邀请函**）

　　　　社長，不是你嗎？

陳文皇：不是啊，我也是收到邀請函才來的。

簡慈恩：我也是啊。

黃志彬：我也是。

　　　　到底是誰約的啊？

簡慈恩：該不會是他吧。

林文傑：誰？

簡慈恩：他啊。

陳文皇：誰啊？

簡慈恩：（**模仿楊老師的聲音**）文皇！你幫老師看一下我的眉毛會

　　　　不會太濃了！

陳文皇：屁啦！

林文傑：誰啊？

陳文皇：楊老師啊！

黃志彬：應該不會吧。

簡慈恩：除了他之外，我想不到其他人了。

陳文皇：老師不可能再約我們出來了啦。

林文傑：不過楊老師跟我們很好。

黃志彬：他跟戲劇社的很多人都很好啊。

林文傑：沒錯，但他跟我們特別好。

黃志彬：後來，他有跟你們聯絡過嗎？

林文傑：沒有。

陳文皇：真的都沒有老師的消息耶。

林文傑：慈恩，妳呢？

簡慈恩：我也不知道，沒人知道，老師像是人間蒸發一樣。

林文傑：是喔。

簡慈恩：後來我有聽一個學妹講，之後有來了一位新的老師，戲劇社才開始慢慢復出，偶爾也去參加比賽，但是都沒有得獎。

陳文皇：喔。

簡慈恩：這些你們都不知道嗎？

林文傑：畢業之後，我就沒特別關心了。

黃志彬：我也是。

簡慈恩：想想還是覺得滿可惜的。

陳文皇：什麼？

簡慈恩：戲劇社啊。

陳文皇：喔。

簡慈恩：我們在的那時候，十木戲劇社是全國最強的，現在沒落成這個樣子。現在想想覺得，哎呀，小丟臉啦。

林文傑：現在的學弟妹怎麼跟我們比，我們那時候可是整天沒日沒夜的排練，你們記不記得，我們偷用學校排練教室那次，

　　　　　差點被教官抓到，還要翻窗戶逃跑。

黃志彬：記得啊，你跑得最慢。

林文傑：那是為了讓你先脫身好不好。

黃志彬：是我嗎？

簡慈恩：對啊，你忘了嗎，你都卡住。

陳文皇：戲劇社會變成今天這樣，是因為楊老師沒在教了。

林文傑：嗯，也是。

黃志彬：很少見過像他那麼用心的老師。

簡慈恩：如果不是出了那件事，他也不會走吧。

陳文皇：但我覺得老師離開也好。

簡慈恩：什麼？

陳文皇：老師本來就不適合待在學校。

林文傑：也是。

黃志彬：如果今天不是他約的，還會是誰約的啊？

（陳文皇舉手示意。）

陳文皇：不好意思——

服務生：先生，剛剛忘記跟各位解釋。我們餐廳設有這個服務鈴，如果有需要任何服務的話，只要按這個鈴，就會找到我了，您可以試試看。

（服務生回到服務台。）

（陳文皇按鈴。）

服務生：先生，我聽到您的鈴聲了！請問各位需要什麼服務呢？

陳文皇：不好意思，想跟你請教一下，今晚的聚會是誰辦的？

服務生：您不是接到邀請才赴約的嗎？

簡慈恩：我知道我們這樣問可能有點怪，我們的確都是被邀請的，也都有收到邀請函，不過……

林文傑：不過是匿名的。

簡慈恩：對。

服務生：很抱歉，委託我們發邀請函的人特別再三囑咐，不能透露他的身分。

黃志彬：什麼意思？

服務生：這是經理吩咐我的，我也不太清楚。

簡慈恩：所以，今晚是一個 surprise ？

服務生：我想是的。

簡慈恩：怎麼那麼怪啊？

服務生：各位是老同學吧？

陳文皇：對。

服務生：已經有十年沒見了？

林文傑：是啊。

服務生：不管是誰發了邀請，大家都好不容易重新聚在一起了，不
　　　　如就好好享受吧。

林文傑：謝謝。

（服務生下。）

林文傑：享受什麼啊？

簡慈恩：沒關係啊，就來享受啊。林文傑，不是要喝酒嗎？

林文傑：對對對，我來幫大家服務。

陳文皇：記不記得，那時候放學排練，我們都跑去偷喝楊老師的酒。

林文傑：那時候最愛喝的就是社長。

陳文皇：還說我，你們兩個喝最多。

簡慈恩：那時候黃志彬都沒跟到。

林文傑：他都第一個回家啊，媽寶。

簡慈恩：志彬，你怎麼了？

黃志彬：你們有沒有覺得有點奇怪？

簡慈恩：哪裡奇怪？

黃志彬：剛剛那個服務生。

林文傑：喔，他是有點奇怪。

黃志彬：不是，你們從來沒見過他嗎？

簡慈恩：沒有啊。

陳文皇：你幹嘛？

黃志彬：不知道為什麼，剛剛那個場景，我好像在哪裡見過。

簡慈恩：什麼意思？

黃志彬：就是剛剛，社長按鈴，然後那個服務生過來跟我們講話，
　　　　剛剛那個瞬間，我好像曾經在哪裡見過。

陳文皇：黃志彬，我們還沒開始喝，你就醉了喔？

林文傑：該不會是你夢到過吧，還是，你現在正在做夢？

　　　　（裝神弄鬼）喂，大家，其實我們根本沒來這場聚會，我們都
　　　　在他的夢裡，我們根本就不存在。

黃志彬：林文傑，連你這樣都不是第一次發生耶。

林文傑：你不是認真的吧？

黃志彬：我看起來像在開玩笑嗎？

陳文皇：小胖，你真的很厲害，真的一點都沒變啊。

簡慈恩：真的。

黃志彬：是我記錯了嗎？

簡慈恩：如果你說，這不是第一次發生，那到底是誰找我們來的呢？

陳文皇：對啊，接下來會發生什麼事呢？

（服務生穿場走到右舞台，和黃志彬四目相對。）

黃志彬：我真的忘記了。你們仔細想想，不可能只有我一個人吧？

（林文傑笑。）

黃志彬：你笑什麼？

林文傑：沒有，黃志彬說的沒錯，現在這個場景，真的有見過。

陳文皇：什麼意思？

林文傑：完全跟當年的排練一模一樣。

簡慈恩：喔，真的欸。

林文傑：「他到底為什麼這麼做？」「這不合理吧，完全沒有動機啊。」

陳文皇：「等一下，這裡真的有點奇怪。」

簡慈恩：你們兩個，好了啦。

林文傑：就是現在這種情況啊，我們的柯南先生總是覺得哪裡有問題。

陳文皇：黃志彬，每次想到我還是覺得很不可思議，我高中的時候到底是怎麼忍得了你的啊？

簡慈恩：社長，那時候你可不是這樣說的。

陳文皇：是嗎，我說什麼？

林文傑：「如果忘記了，我們就重新再來一次。」

陳文皇：我這麼有耐心喔？

林文傑：對啊！同一個段落，動不動都要搞兩三個小時，全是你害

的。我們最後一次演出那次，記得嗎，真的每天都跟噩夢
　　一樣。

簡慈恩：而且我們學校的排練場真的很爛耶，霉味那麼重，到底怎
　　麼受得了。

陳文皇：是誰說要發揮學長姐的精神，當天不排完就不回家的？

簡慈恩：黃志彬！

陳文皇：小胖，是不是要罰一杯？

簡慈恩：來來來。

黃志彬：等一下，我怎麼沒想到，如果忘記了，我們重新來一次就
　　好了嘛！

陳文皇：什麼意思啊？

黃志彬：就跟我們當年的排練一樣啊。你們都站起來。

林文傑：黃志彬，你想幹嘛啊？

陳文皇：你還真的是一點都沒變耶。

簡慈恩：現在是什麼情況？

陳文皇：哎呀，黃導演想導戲嘛！

黃志彬：你們大家，快點，站起來。

林文傑：十週年的聚會，是吧？

陳文皇：我們今天就奉陪到底。

（大家站起。）

黃志彬：社長，你說。

陳文皇：說什麼？

黃志彬：說一句話。

陳文皇：⋯⋯一句話。

黃志彬：不是啦！

陳文皇：我現在根本不知道要說什麼啊。

黃志彬：你想像我們現在，此時此刻是在排練，你就說你最想說的
　　　　那句話。

陳文皇：好⋯⋯那各位同學，我們今天排練就此結束！

黃志彬：社長──！

陳文皇：好，等一下，我想到了。
　　　　來，大家，手伸出來。

簡慈恩：不會吧。

林文傑：不要啦──

陳文皇：快點，來，回憶殺。

（大家把手疊在一起，做出上台演出前集氣的動作。）

陳文皇：十木戲劇社！
所有人：木乘十，我的表演最誠實！乾杯！

（服務生走回服務台，看了看四人。）

陳文皇：這酒真的滿不錯的耶。
林文傑：是不是。
陳文皇：剛剛真的是有點丟臉。
林文傑：慈恩，妳怎麼了啊？
簡慈恩：我覺得，好像真的有點怪怪的。
林文傑：不會吧，妳被他傳染了喔？
簡慈恩：等一下，這裡。
林文傑：什麼？
簡慈恩：這裡好像少了一個人。

林文傑：因為那邊是張空椅子啊。

（黃志彬按鈴。）

服務生：有什麼需要嗎？

黃志彬：請問今晚的聚會，一共有幾個人？

服務生：經理跟我說，有五個人。

陳文皇：五個？

簡慈恩：所以還有一個人沒來？

陳文皇：還真的被妳說中了耶，簡慈恩。

林文傑：不要叫我遲到大王了。

簡慈恩：那個人是誰？

服務生：不好意思，今晚的預約電話不是我接的。

黃志彬：他什麼時候會來？

陳文皇：他剛剛就說預約電話不是他接的啊，他怎麼可能知道。

服務生：對不起。

林文傑：沒事沒事。

45

（服務生下。）

黃志彬：我知道了。

林文傑：什麼？

黃志彬：小亞。

簡慈恩：小亞？

黃志彬：今晚少了小亞。

　　　　一定是她邀請我們來的，一定是。

林文傑：黃志彬，我知道你很想她，我們大家也一樣啊。

簡慈恩：那之後，你們有聯絡過她家人嗎？

林文傑：我只知道那件事之後，她們全家都搬走了。

簡慈恩：社長，你呢？

陳文皇：我？

簡慈恩：你們兩個那時候不是滿好的嗎，你知不知道什麼其他的消
　　　　息？

黃志彬：你們搞錯了，我不是那個意思。

林文傑：什麼？

黃志彬：我的意思是，小亞曾經來過這裡，跟我們一起吃過晚餐。

慈恩，妳剛剛不是也想起來了嗎？她就坐在這裡啊，妳對面。

簡慈恩：我不知道你在說什麼。

黃志彬：妳剛剛不是說了嗎？

簡慈恩：我的意思是，我不知道那第五個人是誰，但不可能是她，我很確定。

陳文皇：黃志彬，發生那件事後，小亞怎麼可能跟我們一起吃飯？

黃志彬：不知道，我真的不知道。

你們有人有杜小亞的電話嗎？

林文傑：我沒有。

陳文皇：我也沒有。

簡慈恩：我有啊，幹嘛？

黃志彬：我們打電話給杜小亞。

林文傑：打電話給杜小亞？

簡慈恩：真的假的啦？

陳文皇：OK 啊，打看看啊。

林文傑：對啊，打啊。

簡慈恩：真的要打喔？可是萬一有人接的話，要說什麼啊？

林文傑：隨便，什麼都可以，不然我賣她保險。

簡慈恩：黃志彬，你不是問題最多嗎，你打。

黃志彬：……

陳文皇：好了好了，我打，電話給我。

林文傑：喔，緋聞男友！

陳文皇：噓——

（電話通了，四人盯著手機。）

（不久後，轉入語音信箱。）

陳文皇：嚇我一跳。

　　　　抱歉柯南，幫不了你。

黃志彬：那現在怎麼辦？我腦子裡一直出現的這個奇怪的熟悉感，

　　　　到底要怎麼解釋？

林文傑：現在只有一個辦法了嘛。

簡慈恩：什麼辦法？

林文傑：既然黃志彬堅持說，杜小亞曾經來過這裡。那只有一個方

　　　　法，可以確定我們大家是不是集體失憶了。

簡慈恩：喔，「如果忘記了，我們就重新來一次。」

陳文皇：你們到底在幹嘛？

林文傑：今晚不是要奉陪到底嗎，社長？

　　　　既然杜小亞不在，我們就來扮演她。這個遊戲很符合今天
　　　　聚會的主題耶，是不是有種越來越刺激的感覺？

陳文皇：好啊，誰先來？

簡慈恩：我先來。

（簡慈恩坐在第五張椅子上。）

簡慈恩：志彬，文傑，社長，還有我，我是小亞。大家 OK 了嗎？
　　　　我們開始。

慈／亞：大家，好久不見。

陳文皇：好久不見。

慈／亞：都十年了。

林文傑：對啊。

黃志彬：小亞，今晚是妳約我們來的嗎？

慈／亞：是我。

黃志彬：為什麼？

慈／亞：沒什麼特別的原因，大家很久沒見了，我想看看大家過得好不好。

陳文皇：就是一個單純的聚會嗎？

慈／亞：對，怎麼了嗎？

林文傑：沒什麼，只是我們大家都以為妳已經——

慈／亞：我不是好好地坐在這嗎？

黃志彬：小亞，妳還記不記得十年前的事？

慈／亞：什麼？

黃志彬：畢業前戲劇社最後一次演出，妳還記得嗎？

慈／亞：我們不是說好了嗎，不要再提那件事。

黃志彬：等一下，不對啦。

簡慈恩：怎麼了？

黃志彬：小亞不會這樣說。

林文傑：什麼意思？

黃志彬：說好不提那件事，是我們四個人的約定。但如果今天約我們來的是小亞，她唯一的理由，就只有這個吧。

林文傑：好，那換我。（**坐在第五張椅子上**）現在換你們問我。

陳文皇：小亞，今天晚上，是妳約我們出來的嗎？

傑／亞：是我。

陳文皇：為什麼突然約我們來這裡？

傑／亞：沒什麼特別的原因，大家很久沒見了，我想看看大家過得
　　　　好不好。

　　　　大家還記不記得，畢業前的最後一次演出？

陳文皇：當然記得，十木戲劇社得獎那一次嘛。

黃志彬：那天晚上公布名次的時候，大家都跟瘋了一樣。

簡慈恩：幸好我們有妳啊。

傑／亞：什麼意思？

簡慈恩：沒有妳，我們怎麼會得第一名嘛。

陳文皇：我到現在還記得那個場景，米蒂亞要殺死自己小孩的那一
　　　　場。

黃志彬：小亞演得真的很好。

傑／亞：這要謝謝社長。

陳文皇：什麼？

傑／亞：謝謝我的緋聞男友社長讓我演米蒂亞，不然我也不會有這
　　　　個表現的機會啊。

陳文皇：沒有，妳要謝謝的是楊老師。

傑／亞：對！謝謝楊老師讓我演米蒂亞，給我這個表現的機會。

陳文皇：暫停一下，反正已經過了那麼久了，我跟大家澄清一下。

那時候，我們《米蒂亞》不是有辦徵選嗎？是楊老師找我

去辦公室，讓我把這個角色給杜小亞的，不是我的決定。

簡慈恩：不是你？

陳文皇：不是。

林文傑：果然跟我想的一樣，那時候大家就覺得奇怪，不論是演出

經驗，還是戲劇社的傳統，女主角怎麼可能給一個剛進社

團沒多久的學妹。

簡慈恩：真的嗎？真的不是你？

可是那個時候，小亞都有跟我講。

陳文皇：講什麼？

簡慈恩：你們的事情啊。

我原本還覺得奇怪，但仔細想想也不難理解，如果你們那

時候已經……你把角色給她，我也是也不意外啦。

林文傑：好了好了，遊戲到此結束。

黃志彬：等一下，社長，慈恩說的是真的嗎？你們兩個？

如果那時候小亞已經跟你⋯⋯你怎麼可以這樣？

陳文皇：你搞錯了，志彬。

黃志彬：我搞錯什麼？

陳文皇：那時候小亞剛進社團，什麼都不懂，我是社長，帶學妹本來
　　　　就是我的責任，從頭到尾都是她搞錯重點。

黃志彬：所以你到底想說什麼？

陳文皇：我跟杜小亞沒有在一起過。

黃志彬：真的嗎？社長？你就是這樣保護學妹的？

陳文皇：你現在是什麼意思？

林文傑：黃志彬，不要講的跟你自己沒有關係一樣。

　　　　那時候，我們不是說好不要再提這件事了。我們不是都討論

　　　　過了嗎？而且你應該是我們幾個裡面最應該保護她的吧。

簡慈恩：什麼意思？

林文傑：事情發生的那個晚上，黃志彬有親眼看到。

簡慈恩：真的假的？

林文傑：好了，遊戲結束。

（林文傑按鈴。）

服務生：您好。

林文傑：點餐。

服務生：好的。

黃志彬：等一下。

林文傑：又怎麼了？

黃志彬：如果把我們邀來這裡的是她，缺席的人也是她，小亞就是
　　　　我們唯一的線索。剛剛的扮演，如果繼續下去，說不定我
　　　　們就會知道到底發生了什麼事。

林文傑：你今天就是來破壞氣氛的，是不是？

陳文皇：這個遊戲根本沒辦法繼續吧。

黃志彬：為什麼？

陳文皇：我們只有四個人，怎麼演都會少一個人啊。

簡慈恩：好了好了──

服務生：請問各位可以點單了嗎？

黃志彬：你。

服務生：先生叫我嗎？

黃志彬：你來，坐在這裡。

服務生：啊？

黃志彬：這樣我們五個人都齊了。

陳文皇：幹天才。

簡慈恩：黃志彬，你真的很瘋耶。

黃志彬：剛剛我們幾個人做的事，你都看到了吧。

服務生：呃——

黃志彬：你來演小亞。

服務生：我？

黃志彬：就是剛剛那個角色。

服務生：先生，你在開我玩笑嗎？

黃志彬：很簡單，我們問問題，你只要回答就好。

服務生：可是，你們之間發生的事情，我怎麼會知道啊。

簡慈恩：對啊。

黃志彬：如果我們解決不了這件事，我們就會一直耗在這裡。

現在時間也不早了，你應該想要早點下工吧。

（服務生猶豫片刻，坐在第五張椅子上。）

服務生：好吧，既然今天是各位老同學的聚會，那我就……奉陪一

下。

黃志彬：謝謝。

來吧。

陳文皇：好啊，我先來。小亞，今天晚上是妳約我們大家來的嗎？

服／亞：對，是我。

陳文皇：為什麼突然約我們來這裡？

服／亞：沒什麼特別原因，大家很久沒見了，我想看看大家過得好

不好。

黃志彬：小亞，妳還記不記得，最後一次整排那天，妳突然消失的

事。

服／亞：啊？

林文傑：那天妳電話打不通，沒人聯絡得到妳，大家就只等妳一個

人。

服／亞：喔，這樣啊。

那後來我有回去嗎？

林文傑：有啊有啊。

服／亞：是誰先找到我的啊？

（其他人看向黃志彬。）

黃志彬：那個時候我——

（服務生阻止黃志彬講話，燈光轉換，服務生把目光投向簡慈恩。）

簡慈恩：對啊，是我。

林文傑：是妳？

簡慈恩：對啊，是我先找到小亞的，在三樓的女廁。

服／亞：女廁？

簡慈恩：對啊，妳就在洗手間大哭，跟我說妳不想參加比賽了，妳
　　　　想退賽。

服／亞：我有說為什麼嗎？

簡慈恩：沒有，可能因為太緊張了吧，畢竟這是我們戲劇社第一次
　　　　代表學校參加這種全國性的比賽嘛。

服／亞：妳是說真的嗎？

簡慈恩：什麼？

服／亞：妳真的不知道我為什麼消失？完全不知道嗎？

簡慈恩：什麼意思？

服／亞：嗯，那時候我跟妳最好，事情發生的時候，我第一個就跟妳說了，妳忘記了嗎？我真的沒有跟妳講過，楊老師對我做的那件事嗎？

妳是第一個知道我出事的人，我本來以為妳會幫我。

簡慈恩：喂──你在亂講什麼啊？

服／亞：我說錯了嗎？

簡慈恩：等一下，這太荒謬了，當初發生的事情，這個人根本就不在現場吧？現在他憑什麼坐在這裡講些有的沒的？

服務生：簡小姐，請妳把握機會。

簡慈恩：什麼意思？

服／亞：杜小亞到底跟妳說了什麼？

陳文皇：真的假的？

黃志彬：慈恩，妳做了什麼？

簡慈恩：什麼叫我做了什麼？

林文傑：沒關係啦，慈恩，就算是妳，都過了這麼久了，我們也沒有要怪妳的意思。

簡慈恩：什麼意思？現在變成是我一個人的錯是不是？

林文傑：不是啦，慈恩，妳聽我說——

簡慈恩：不好意思，我先走了。

黃志彬：慈恩，妳才剛到就要走喔？

服務生：簡小姐，妳不能離開。

　　　　切爾西餐廳不是妳想來就來，想走就走的地方。

簡慈恩：你現在是在威脅我嗎？你給我聽好，這家爛餐廳我再也不
　　　　會來了！

服務生：切爾西餐廳早就不存在了。

　　　　這裡曾經發生過一場蓄意縱火案，自從那次火災之後，整
　　　　棟大樓都沒落了。

簡慈恩：等一下，這太好笑了，如果你說，切爾西餐廳已經被燒毀
　　　　了，請問我們現在在哪裡？

服務生：簡小姐，妳應該問的是，你們為什麼會來到切爾西？

（燈光轉換。）

第二場
十木戲劇社

亞／米：至大的宙斯，威嚴的忒彌斯，我遭受了這些不幸和痛苦，真想要放聲痛哭一場，希望天上的雷火劈下，劈開我的身體。我活在這世界上，到底有什麼好處呢？

四　人：至大的宙斯，威嚴的忒彌斯，我遭受了這些不幸和痛苦，真想要放聲痛哭一場。希望天上的雷火劈下，劈開我的身體。我活在這世界上，到底有什麼好處呢？

亞／米：我想要拋棄自己可恨的生命，在死亡裡得到安息。

四　人：大地之神，米蒂亞是從你黃金的種族之中出生的，趁這個被詛咒的可憐的女人，還不曾舉起她的手，好好看住她。

（服務生拉起桌布，所有的杯盤都掉在地上。）

（服務生走向上舞台，化身為杜小亞。）

歌隊三：赫利俄斯燦爛的陽光，趕快阻擋她。

歌隊一：宙斯的妻子，盟誓之神，當初是妳讓米蒂亞飄過內海，飄

過海上的峽谷，來到這對岸的希臘。但願愛神，不要把爭

吵的忿恨和無法平息的罪惡，降臨到我的身上。

四　　人：現在的我，親眼見到了這種事情，不是從別人那裡聽來

　　　　　的。

歌隊二：米蒂亞，她忍受著最可怕的苦難，沒有任何一個城邦，一

　　　　　個朋友來憐憫她。但願那從不報答友誼的人，那從不開啟

　　　　　純潔心靈的人，不得好死，得不到任何人的同情，而我自

　　　　　己，也絕不把那人當做朋友看待。

歌隊三：我聽見悲慘的聲音、痛苦的呻吟，聽見她大聲呼叫，咒罵

　　　　　忘恩負義的丈夫，破壞了她的婚約。她受了屈辱，只好祈

　　　　　求宙斯的妻子，盟誓之神，賜給她勇氣和力量。我害怕她

　　　　　設下什麼新的計謀，我知道她不會這樣馴服，受人欺負。

亞／米：至大的宙斯，威嚴的忒彌斯，我遭受了這樣的不幸和痛

　　　　　苦……我遭受了這樣的不幸……

陳文皇：停，再一次。

（燈光轉換，回到高中時期，戲劇社的排練場。）

61

陳文皇：我們從剛剛慈恩最後兩句那邊，我們再一次。

簡慈恩：喔。

　　　　我害怕她設下什麼新的計謀，我知道她不會這樣馴服，受
　　　　人欺負。

亞／米：至大的宙斯，威嚴的忒彌斯，我遭受了這樣的……

陳文皇：停！大家下來。（小亞想下來，被文皇制止）小亞留著。

　　　　我們再一次。

亞／米：至大的宙斯，威嚴的忒彌斯，我遭受了這樣的……

陳文皇：停！

　　　　沒關係，忘記了就再一次，我們大家時間很多嘛。

　　　　妳要幾次？我們學長姐就在這邊等妳。

亞／米：大家，對不起。

簡慈恩：小亞，妳還好嗎？

亞／米：我沒事。

簡慈恩：可是妳剛剛……

亞／米：我沒事，真的。

簡慈恩：喔。

陳文皇：小亞，這段我們已經排過很多次了。

亞／米：我知道，社長。

陳文皇：請問一下妳剛剛在演什麼？

黃志彬：社長——

陳文皇：怎麼樣？

黃志彬：小亞她——

陳文皇：她已經不是第一次了，每次都讓學長姐等她，而且為什麼
　　　　妳今天又遲到？

黃志彬：社長！小亞她剛剛——

林文傑：黃志彬！你想說什麼？

黃志彬：社長，我覺得……我覺得小亞她今天狀態不太好。不然今
　　　　天先放她回去休息吧。

陳文皇：黃志彬，你以為我們時間很多嗎，我們明天就要演出了！

黃志彬：可是——

陳文皇：我們已經沒有時間了！

（林文傑阻止他們的爭辯。）

林文傑：小亞，妳知道這次演出，對我們來說有多重要嗎？

亞／米：我知道。

林文傑：如果演出的時候，妳出了狀況，影響到的是整個十木戲劇
　　　　社的榮譽。

黃志彬：文傑——

林文傑：如果妳覺得壓力很大，或者妳現在出了什麼事情，需要處
　　　　理妳的情緒，妳覺得沒辦法演出的話，真的沒關係，我們
　　　　可以理解，只要妳跟我們說一聲，這樣就好了。在還沒有
　　　　演出之前，一切都還有辦法。

亞／米：我可以。

黃志彬：小亞，妳確定嗎？不要太勉強自己——

亞／米：學長，我真的可以。

（燈光轉換，《米蒂亞》正式演出當天。）

亞／米：至大的宙斯，威嚴的忒彌斯，我遭受了這些不幸和痛苦，
　　　　真想要放聲痛哭一場。希望天上的雷火劈下，劈開我的身
　　　　體，我活在這世界上，到底有什麼好處呢？我想拋棄自己
　　　　可恨的生命，在死亡裡得到安息。

歌隊一：快看，天空已經吹起了悲愁的烏雲，很快就要降下狂怒的閃電，她傲慢、壓抑的靈魂，受到這樣的虐待，不知會做出什麼可怕的事呢。

亞／米：憑著赫利俄斯的陽光發誓，我要破壞我的丈夫，伊阿宋的全家，我要大膽地做下一件最兇狠的事，我要殺死我自己的孩子，誰也不能拯救他們。從今以後，他再也看不見我替他生的孩子們活在這世上。

而他的新娘，也不能替他生個兒子，因為我向她獻上的金冠，將會冒出毀滅的火焰，吞噬她的捲髮，讓她的肌膚像松脂一樣滴落。

歌隊二：米蒂亞，仔細想想看，如果妳真的做了這件事，那有著神聖的河流的城邦，好客的土地，怎麼會容得下妳？

歌隊三：妳去做這可怕的事情時，妳的手裡哪裡來的勇氣？當妳親眼看到你的兒子時，妳怎麼會不為他們死亡的命運而流淚？當他們跪在妳面前求救時，妳怎麼能鼓起那殘忍的勇氣，讓他們的鮮血濺到你的手上？

亞／米：命運既然已經這樣註定了，便無法逃避。一個人最好就是過著平常的生活，安然度過他的餘生。但眾神不願把這樣

的寵愛給我。如今，神聖的河水向上逆流，秩序和宇宙都顛倒了，盟誓也不再可信。我的痛苦已經制服了我，我的憤怒已經戰勝了我的理智。世人的嘲笑雖然難以容忍，但我已經管不了這麼許多。我已經沒有城邦，沒有家，沒有避難的地方。我對生命還有什麼好期待的呢？

從前，我聽信了一個希臘人的話，拋棄了我的故鄉，這是我犯過最大的錯誤。

願眾神保佑我，給我勇氣和力量，讓我懲罰那個傢伙。

（燈光漸暗。）

（燈漸亮，十木戲劇社最後一次的聚會。）

（黃志彬收拾著狼藉的排練場。陳文皇坐在椅子上一言不發，簡慈恩坐在排練場的一角，臉色凝重。）

（片刻後，林文傑上。）

林文傑：大家，抱歉抱歉，遲到了。

　　　　來來來，動起來！快，小胖，動起來。

　　　　欸？其他人呢？學弟妹呢？

陳文皇：大家已經回家了。

林文傑：回家？是我記錯了嗎，現在不是社課時間嗎？

　　　　楊老師呢？楊老師怎麼不在？他請假了喔？

黃志彬：楊老師走了。

林文傑：走？走去哪？

黃志彬：不知道。

林文傑：什麼啊，他生病了喔？他什麼時候回來？

簡慈恩：林文傑，你還沒聽懂嗎，老師不會再回來了。

林文傑：什麼？開什麼玩笑？

　　　　如果楊老師走了，那戲劇社怎麼辦？原地解散？

（陳文皇聳聳肩，不置可否。）

林文傑：等一下社長，不是認真的吧？我們才剛剛拿到全國比賽的

　　　　冠軍耶，老師怎麼可能就這樣走了？

陳文皇：真的，老師什麼都沒講就走了。

林文傑：不可能，我不相信。楊老師對戲劇社這麼用心，他突然離

　　　　開，一定有什麼原因吧。

簡慈恩：是杜小亞。

陳文皇：為什麼是小亞？

簡慈恩：老師會離開戲劇社，一定是因為她。

陳文皇：為什麼一定是她？

簡慈恩：難道不是嗎？演出結束之後，杜小亞就消失了，再也沒來過戲劇社，聽說，她也沒去學校上課。一定是因為她，楊老師才不想繼續待在學校的，一定是這樣。

林文傑：妳是說，楊老師會離開，是因為整排那天晚上在社辦發生的事？

陳文皇：拜託，我們可不可以不要再講這件事情了？

簡慈恩：為什麼不能講？戲劇社的大家不是都在傳嗎？

林文傑：對啊。

黃志彬：那現在呢？

陳文皇：老師都已經走了。東西收一收，下週開始，我們的社課就先停掉吧。

黃志彬：社長！我是在說小亞。

整排那天在社辦發生的事，是真的吧？

簡慈恩：什麼？

黃志彬：小亞她是被楊老師強迫的啊，我們是不是應該要做點什麼？

林文傑：等一下，我們？為什麼是我們？

黃志彬：戲劇社的事，不都是我們四個人在做決定的嗎？現在學妹出事了，我們是不是應該幫幫她？

陳文皇：請問一下，你要怎麼幫？

簡慈恩：大家都知道，小亞跟楊老師走得很近吧。

黃志彬：什麼意思？

簡慈恩：所以小亞真的是被強迫的嗎？

之前，她不是也常常跟楊老師一起單獨出去吃飯嗎？

黃志彬：所以呢？

簡慈恩：所以她應該也很喜歡楊老師啊。

林文傑：對啊，杜小亞就是因為跟楊老師的關係，所以才會拿到這個角色的吧。不然她怎麼可能演米蒂亞？女主角怎麼想都應該是慈恩才對吧。

簡慈恩：如果小亞和楊老師真的在一起了，她還在學校這樣亂講，她根本就是在背叛楊老師吧？

林文傑：當初就是因為有楊老師，才有戲劇社的今天。現在楊老師
　　　　走了，戲劇社也沒辦法回到原來的樣子了。十木戲劇社因
　　　　為她一個人，現在什麼都沒了，當初如果她沒有入社就好
　　　　了。

黃志彬：文傑，我們是不是應該去找小亞聊一下？

林文傑：聊什麼？

黃志彬：有可能事情不是我們現在講的這個樣子。

林文傑：不是啊黃志彬，我們要怎麼跟她開口問這件事？

簡慈恩：她現在就是消失了，應該不想讓任何人找到她吧。

黃志彬：不然，我們去問楊老師呢？我們去找楊老師。

陳文皇：找他做什麼？

黃志彬：我們去找老師問清楚，那天到底發生了什麼事。

陳文皇：老師怎麼可能跟你講？

簡慈恩：老師已經離開戲劇社了，我們現在就不要去煩他了吧。

黃志彬：但萬一，我是說萬一……楊老師真的做了什麼過分的事——

林文傑：黃志彬，杜小亞最後不是也參加演出了嗎？如果事情真的
　　　　那麼嚴重的話，她怎麼會願意繼續？

黃志彬：你也知道小亞的個性啊，而且她入社的時候，不是你自己

70

跟她講的。

林文傑：我講什麼？

黃志彬：你說無論做什麼事情，都要記得自己是十木戲劇社的社員，無論任何時候都要以戲劇社的榮譽為重。這是你跟她說的吧，所以她當然會參加演出啊。

林文傑：那是社訓啊！

簡慈恩：好，如果大家說的都是謠言，她為什麼不跳出來替自己澄清呢？

林文傑：對啊，為什麼不澄清？

簡慈恩：就算不跟我們講，她也應該跟社長講吧？社長？

黃志彬：社長？

陳文皇：我不知道，小亞什麼都沒跟我講，我真的不知道。

黃志彬：可是——

簡慈恩：黃志彬，你沒聽到社長講的話嗎？

林文傑：事情真的沒有這麼嚴重啦。

陳文皇：這件事已經發生了，現在再講這個根本沒有意義，這件事就到此為止。我希望，我們以後不要再提這件事了，大家有問題嗎？

簡慈恩：我沒有。

林文傑：我也沒有。

黃志彬：……沒有。

（**燈光轉換。**）

第三場
切爾西餐廳

（燈光轉換，十年後的切爾西餐廳。）

服務生：大家真的不記得了嗎？

陳文皇：為什麼？杜小亞的事？你為什麼會知道？你到底是誰？

林文傑：是你，對不對？

服務生：什麼？

林文傑：就是你跟杜小亞串通好，在這邊搞這些有的沒的，你到底
　　　　想幹嘛？

黃志彬：你冷靜一點——

林文傑：冷靜？你讓我怎麼冷靜？喂！杜小亞，我知道妳在這，給
　　　　我出來！聽到沒有，妳給我出來——

服務生：杜小亞不在這裡。

林文傑：什麼意思？

服務生：她不屬於這裡。

林文傑：搞什麼啊？

黃志彬：那這裡到底是什麼地方？

服務生：這裡的一切，都是你們的記憶。

簡慈恩：什麼？

服務生：人死之後，生前的記憶片段會被保留下來。在切爾西餐廳吃的最後一頓晚餐，就是你們四個人生前最後的共同記憶。

簡慈恩：你認真啊，你開玩笑吧？

林文傑：你的意思是，我們四個已經死了，我們根本就不存在？

服務生：是的先生。

簡慈恩：太好笑了，大家，走了啦。

陳文皇：慈恩，等一下。

簡慈恩：這個人就是一個神經病，你們為什麼要聽一個神經病講話啊？

服務生：簡小姐，如果妳離開這裡，一切都會回到原點。
你們會重新回來這裡，那時候你們什麼都不記得，遊戲會重新開始。

簡慈恩：你們還待在這個鬼地方幹嘛？

黃志彬：慈恩，妳還沒有聽懂嗎？我們哪裡也去不了了。

陳文皇：先生，你剛剛說，切爾西餐廳已經被燒毀了。

服務生：是的。

陳文皇：當時餐廳有多少客人？

服務生：當天是十木戲劇社的十週年包場活動，整間餐廳只有五個
　　　　人。

陳文皇：五個，為什麼只有我們四個在這裡？還有一個人呢？杜小
　　　　亞嗎？

林文傑：你是說，是杜小亞約我們到這裡，然後放了一把火，燒死
　　　　我們四個？

（服務生起身，坐回第五張椅子，小亞的位置上。）

服／亞：大家，好久不見。社長，好久不見。

陳文皇：好久不見。

服／亞：好久不見，文傑。

志彬，好久不見。好久不見，慈恩。

簡慈恩：你是——小亞？

服／亞：嗯。

（慈恩就坐。）

簡慈恩：小亞，妳還好嗎？畢業之後妳去了哪裡啊？

服／亞：我休學了半年，之後就搬家了。

簡慈恩：這麼久，怎麼都沒聯絡我們啊？那之後，我們大家都很擔
　　　　心妳耶。

林文傑：對啊。

服／亞：不好意思。

黃志彬：這些年，妳在做什麼啊？

服／亞：什麼工作都做，不過什麼都做不久。之前有在餐廳打工，
　　　　做得比較久，快一年吧。

林文傑：那不錯啊……

服／亞：不過最近離職了。

林文傑：噢。

陳文皇：小亞，今天晚上是妳約我們大家來的嗎？

服／亞：對，是我。大家很久沒見了，我想看看大家。大家應該過
　　　　得滿好的吧。

簡慈恩：還好啦，普普通通。

服／亞：我之前，有在電視上看到社長。

陳文皇：有嗎。

服／亞：到現在還在演戲呢，很厲害啊。

陳文皇：還好啦。

服／亞：讓我想起之前在戲劇社的那些時光。每天都很期待放學之
　　　　後的排練，還有社課，真的滿快樂的。應該說，是我高中
　　　　最快樂的日子了。

服／亞：大家還記得，畢業前的最後一次演出嗎？

林文傑：當然記得，十木戲劇社最輝煌的時候嘛。

黃志彬：那天晚上公佈名次的時候，大家跟瘋了一樣。

簡慈恩：幸好我們有妳啊。

服／亞： 什麼意思？

簡慈恩：沒有妳，我們怎麼會得第一名嘛。

陳文皇：我到現在還記得那個場景，米蒂亞要殺死自己小孩的那一場。

林文傑：妳演得真好。

服／亞：謝謝。

大家還記得，最後一次整排當天發生的事嗎？

這些年我常常在想，如果當時，有人知道那件事的真相的話，不知道會怎麼樣。

林文傑：小亞，事情已經過去那麼久了。

簡慈恩：對啊，妳今天約我們來，該不會就是為了講這個吧。

服／亞：如果那個時候，你們願意幫我的話，事情可能不太一樣。

簡慈恩：小亞，不是我們不幫妳，那件事我們真的也很抱歉，只是——

陳文皇：那個時候我們都還是高中生，我們能做的真的很有限。

林文傑：對啊，那時候大家年紀還小，很多事情都不懂。

服／亞：那現在呢？

林文傑：現在？

服／亞：如果是現在，你們會幫我嗎？

黃志彬：什麼意思？

服／亞：我想請你們幫忙，舉證楊老師十年前對我做的那件事。

陳文皇：小亞，妳確定現在要這樣做嗎？

服／亞：我確定。

陳文皇：但是，為什麼過了這麼久，妳才突然來找我們？

服／亞：你們還不知道嗎？楊老師的事。

陳文皇：老師？他怎麼了嗎？

服／亞：他回學校了。

林文傑：什麼？

服／亞：你們都沒聽說嗎？

林文傑：沒有。

簡慈恩：畢業之後，我們就沒和老師聯絡了。

陳文皇：老師是什麼時候回去的？

服／亞：上個月。

你們四個，是我在戲劇社最好的朋友，你們應該會幫我這
個忙吧。

陳文皇：小亞，妳現在想要做這件事我可以理解，但事情會不會過
　　　　了太久了──

服／亞：是啊，太久了，久到我以為自己可以忘記那件事，但我發
　　　　現，我做不到。對你們來說，可能只是一件十年前發生的
　　　　事，但對我來說，就好像發生在昨天一樣。很難想像吧？

林文傑：小亞，我知道妳找我們來，是因為信任我們。說真的，看
　　　　到妳現在過得不太好，我們真的也很難過。

簡慈恩：對啊，那之後我也有試著聯絡妳，但是妳也沒有接我的電
　　　　話。

服／亞：抱歉，我也不想打擾大家，但我只是不想讓同樣的事情發
　　　　生在其他人身上，而且，我想拿回原本屬於我的東西。

黃志彬：什麼意思？

服／亞：我想跟大家一樣，過正常人的生活。

　　　　所以，你們會幫我嗎？

（四人沉默。）

服／亞：把真相說出來，有那麼困難嗎？

簡慈恩：重點是，那件事的真相，根本就沒人知道吧。

服／亞：真的嗎，慈恩？事情發生的時候，我第一個就跟妳說了，
　　　　妳是第一個知道我出事的人。

簡慈恩：是嗎？

服／亞：妳忘記了嗎？

簡慈恩：我有點不記得了。

服／亞：那社長呢，這件事，我也有跟你講過吧。

陳文皇：……

服／亞：那天發生的事情，你們真的都不知道嗎？
　　　　那個時候你們沒有幫我，沒關係，事情過去就算了。
　　　　現在我只是想請你們幫我講一句話，這個要求，應該不過
　　　　分吧。
　　　　還是說，你們又要跟十年前一樣當作什麼都沒發生？

林文傑：小亞，妳現在的意思是說，當初那件事是我們的責任？

服／亞：我不是這個意思。

簡慈恩：小亞，妳是認真的嗎？關於楊老師，妳跟我講的不只那件事
　　　　而已吧。那個時候妳不是跟我說妳很崇拜他嗎？放學之後，
　　　　就算沒有排練，妳也會自己跑去社辦找他。妳明明就跟楊老
　　　　師走得那麼近，妳對他難道一點感覺都沒有嗎？
　　　　這件事不是祕密吧，戲劇社的大家也都知道。

服／亞：慈恩，妳相信他們的謠言，但是不相信我？

陳文皇：慈恩講的真的是謠言嗎？

服／亞：什麼意思？

陳文皇：一開始聽到的時候，我也不相信。可是我想起分配角色的
　　　　時候，楊老師找我到系辦，指定要妳演米蒂亞。我說了很
　　　　多次，妳是學妹，太年輕，沒有經驗，但是他堅持要用妳。
　　　　我當下就覺得很奇怪。
　　　　小亞，我真的很想相信妳，但事實就是妳贏了慈恩，拿到了
　　　　女主角，到底是因為妳真的很會演戲，還是因為其他的什麼
　　　　原因——我不知道，我真的不知道。現在妳要我幫忙舉證老
　　　　師，不是我不願意，只是我沒辦法說服我自己。

服／亞：社長，你真的是這樣想的嗎？

陳文皇：我怎麼想不重要，重要的是，我不知道真相是什麼，我沒有辦法幫妳。

林文傑：小亞，我知道我這樣講，妳可能會不開心，但楊老師是我見過最認真負責的老師。我們比你更早加入戲劇社，楊老師是什麼樣的人，我們比妳清楚。就算他做了什麼不該做的事，我想，應該也不可能是他一個人的錯吧。

簡慈恩：小亞，十年前，妳已經從楊老師那裡，得到妳想要的東西了。現在呢，妳到底想從我們這裡得到什麼呢？

服／亞：真的很抱歉，今天耽誤了大家的時間。

簡慈恩：沒有啊，妳怎麼會這樣想。

林文傑：小亞，我真的覺得妳給自己太多壓力了，不要一直想著過去那些不開心的事情，我們人就是要往前看啊。

簡慈恩：對啊，大家已經十年沒見面了，今晚不是應該開開心心的嗎？

林文傑：是啊，以後我們真的應該多約出來聚一聚。

服／亞：不好意思，我先走了。

簡慈恩：才剛到，就要走喔？

　　　　小亞，妳還好嗎？

林文傑：要不要幫妳叫車？

服／亞：不用了。

陳文皇：小亞，聽我說，我理解妳的心情——

服／亞：真的嗎？社長，你真的理解嗎？

陳文皇：……

服／亞：你們知道，這十年來我過的是什麼樣的生活嗎？

　　　　你們有沒有過一種感覺，同樣的場景，同樣的人，同樣一件你想要忘掉但永遠忘不掉的事，一遍又一遍地重來，就像一個永遠也醒不過來的噩夢。

　　　　社長，如果有一天，你也有這樣的感受，那個時候，或許你才真的開始理解我。

（小亞下場。）

簡慈恩：她到底想幹什麼啊？

林文傑：所以，現在怎麼辦？

黃志彬：什麼怎麼辦？

林文傑：點餐嗎，還是？

簡慈恩：我沒心情吃飯了。

黃志彬：我們就這樣讓她走了嗎？小亞她會不會做出什麼傻事啊。

林文傑：黃志彬，如果你這麼在意她，為什麼剛剛都不講話？

陳文皇：她應該沒事啦。

黃志彬：你怎麼知道？

陳文皇：十年前事情發生的當下，她都沒事，現在也不會有事的。

黃志彬：她看起來真的不太好，她一定是沒有辦法才來找我們的，
　　　　我們真的不幫她嗎？

簡慈恩：志彬，那時候我們不是講好了嗎，不要再提這件事了。

黃志彬：對，我知道，可是現在不一樣。

簡慈恩：有什麼不一樣？

黃志彬：那個時候，我們是為了十木戲劇社。但現在不一樣了。

簡慈恩：志彬，你太天真了，你覺得幫她作證，就可以讓她忘掉那

件事嗎？

黃志彬：說不定她今後的生活，可以過得比較輕鬆。

林文傑：黃志彬，如果真的要找人替她要作證的話，我們四個裡也只有你有辦法吧。畢竟你是唯一一個當天在現場的人。

黃志彬：那你們呢，你們就可以裝作跟這件事毫無關係？

陳文皇：志彬，我們沒有人知道，小亞和楊老師之間到底發生了什麼。

黃志彬：那個時候我就跟林文傑說過了，我從辦公室的窗戶看到小亞和楊老師，是我親眼看到的。

林文傑：說不定小亞是自己去找楊老師的啊，你怎麼知道——

黃志彬：我聽到她在叫救命！

林文傑，事情發生之後，我第一個就跟你說了。

陳文皇：志彬，這件事情真的沒有你想的那麼簡單。

黃志彬：為什麼？

陳文皇：如果我們現在幫她作證，不就等於承認我們那個時候是在包庇楊老師嗎？

黃志彬：那時候我們很年輕，年輕的時候總會做傻事，你剛剛自己

不也這麼說嗎？如果我們現在不幫她的話，是不是才真的在包庇楊老師？

陳文皇：我不要。

黃志彬：為什麼？

陳文皇：因為我的經紀公司不會讓我做這種事，所以我不要。

黃志彬：社長，其實你也一樣，根本也沒變嘛。

我有說錯嗎，那個時候，小亞和楊老師的事，戲劇社的人都傳得沸沸揚揚，如果你真的喜歡她，為什麼不幫她說一句話？你不就是怕給自己惹上麻煩嗎？

陳文皇：這件事到底跟我有什麼關係？要處理的話，要從林文傑先開始吧！

林文傑：等一下，怎麼變成我的問題了？

陳文皇：那些謠言不是你先開始傳的嗎？

林文傑：社長，你認真嗎？

那我問你，那個時候，你為什麼不公開你們兩個的關係？

陳文皇：這兩件事有什麼關係？

林文傑：一開始我還在想，你是不是覺得杜小亞配不上你。但後來

我才發現，你不是不想，你是不敢，你怕楊老師知道你們

　　兩個的事，怕他把社長的位子給別人做！

陳文皇：你在說什麼啊？

林文傑：難道不是這樣嗎？

黃志彬：林文傑，那些謠言是你傳的嗎？

林文傑：對，是我。

黃志彬：那個時候小亞每次一到排練場，根本沒人跟她講話，大家

　　　　都躲著她，好像她是什麼定時炸彈一樣。還有人在她的櫃

　　　　子裡寫紙條，讓她滾出戲劇社。這些事你都不知道嗎？

簡慈恩：志彬，不是我們不願意幫她，只是事情過了這麼久，你覺

　　　　得有誰會相信我們的話？我們根本沒有任何證據啊。

黃志彬：如果我有證據呢？如果我說，我現在有證據，你們就會願

　　　　意幫她嗎？

陳文皇：你有什麼證據？

黃志彬：我有照片。

林文傑：照片？什麼照片？

黃志彬：那個時候，我有拍照。

林文傑：你說你有拍，小亞跟楊老師？

黃志彬：《米蒂亞》排練的時候，戲劇社的相機一直是我在保管的。

簡慈恩：黃志彬，你有什麼毛病啊，你到底為什麼要拍照啊？

黃志彬：我真的不知道該怎麼辦，我又不敢闖進辦公室，我真的沒有
　　　　別的意思，我只是想說，萬一我們真的決定要幫小亞的話，
　　　　或許還有機會。

陳文皇：那些照片，你一直留到現在？

黃志彬：……對，如果真的要舉證的話，這就是最好的證據。

簡慈恩：志彬，抱歉，我真的沒辦法幫這個忙。

黃志彬：剛剛不是妳說沒有證據，沒有人相信我們嗎？現在有證據，
　　　　還有我們四個人的證詞，說不定小亞是有機會的。

簡慈恩：我沒有辦法幫她作證。

黃志彬：為什麼？

簡慈恩：其實，那個時候，是我跟楊老師講的。

黃志彬：妳跟楊老師講了什麼？

簡慈恩：我有跟楊老師講說，小亞很喜歡他。我不知道老師會不會因

為這樣就有什麼誤會，我是真的不知道事情會這麼嚴重，我真的沒想到。

黃志彬：慈恩，妳知道妳自己做了什麼嗎？

簡慈恩：對，這件事情我有錯，我知道，我承認。

但如果我們真的幫她作證，剛剛那些事情一定都要講出來吧。你覺得到那個時候，小亞還會感謝我們嗎？

林文傑：如果我們幫她作證，她就會知道那件事跟我們四個有多大的關係。你覺得杜小亞會輕易放過我們嗎？她現在是想利用我們對付楊老師，但之後呢？如果這件事情鬧上新聞，我們幾個絕對完蛋了！

而且，志彬你有沒有想過，如果小亞知道，她最信任的學長當初沒有勇氣進去救她，而是眼睜睜地看著這件事情就這樣發生，妳覺得她會怎麼想你？

陳文皇：如果我是杜小亞，那我的下半輩子，最痛恨的人除了楊老師之外，大概就是黃志彬了吧。

志彬，你確定你要這樣做嗎？

（志彬默默流淚，坐回到自己的位子上。）

陳文皇：所以，我們有共識了嗎？

簡慈恩：應該有吧。

林文傑：嗯。

陳文皇：以後就再也不要提起這件事，就跟當年我們說好的一樣。

（志彬點點頭。）

（燈漸暗，音樂傳來火災警報聲。）

（燈光轉換，場上出現四個人的剪影。）

林文傑：今天，是我們十木戲劇社的大團圓，來吧，為我們的十年
　　　　聚會，乾杯。

黃志彬：文傑，可以開心一點嗎，一點氣氛也沒有。

林文傑：好！等一下，我想到了，大家把手伸出來。十木戲劇社——

所有人：木乘十，我的表演最誠實！乾杯！

簡慈恩：這酒真的滿不錯的耶。

林文傑：是不是。

陳文皇：你們有沒有覺得有點奇怪？

林文傑：哪裡奇怪？

陳文皇：這個場景，我好像在哪裡見過。

簡慈恩：什麼意思啊？

陳文皇：這間餐廳，那個服務生，還有今天晚上，我們四個人的聚
　　　　會，這個場景，我好像在哪裡見過。

黃志彬：社長，你到底怎麼了？

林文傑：我們還沒喝，你就醉了啊？

陳文皇：等一下，這裡。

林文傑：什麼？

陳文皇：這裡，好像少了一個人。

簡慈恩：因為那邊是一張空椅子啊。

（鈴聲。）

服務生：您好，有什麼需要嗎？

陳文皇：請問今晚的聚會一共有幾個人？

服務生：經理跟我說有五個。

黃志彬：五個？

林文傑：所以還有一個人沒來？

簡慈恩：還真的被你說中了耶，社長。

林文傑：那個人是誰？

服務生：不好意思，今晚的預約電話不是我接的。

林文傑：他什麼時候會來？

簡慈恩：他剛剛就說預約電話不是他接的啊，他怎麼可能會知道。

服務生：不好意思。

簡慈恩：沒事了。

林文傑：我知道了。

陳文皇：什麼？

林文傑：小亞。

黃志彬：小亞？

林文傑：今晚少了小亞。

簡慈恩：一定是她邀請我們來的，一定是。

（四人的聲音迴蕩在切爾西餐廳裡，逐漸消失。）

（燈光忽明忽暗，映照著切爾西餐廳的各個角落。）

（燈全暗。）

─劇終─

創作筆記

二〇一八年，我偶然間看到法國攝影師的攝影作品《重踏陳跡》（Retracing Our Steps）。一群前福島居民重新回到只剩下斷壁殘垣的家，在已然成為廢墟的超市、自助洗衣店、學校體育館、舊式理髮廳中，自然地做出他們曾經生活的樣態，日常中流露出詭異和蒼涼，仿佛他們從來不曾離開過這裡。

不知為何，這一系列的攝影作品，讓我想到之前曾經看過的臺中衛爾康西餐廳大火的新聞，以及一度甚囂塵上的「幽靈船」傳說，記得甚至還有人畫出幽靈船的航線圖。

於是，一個破敗的老式牛排西餐廳中，一群幽靈開始重新聚集在一起，一瞬間，千瘡百孔的餐桌上，燭臺的燈火重新燃起，佈滿灰塵的落地窗，重新掛回了金色的天鵝絨窗簾。這群昔日的老朋友，在談笑風生中，才發現自己竟然早已不在人世。此時，一個帶著神秘笑容的服務生告訴他們，他們必須找出自己死亡的原因，才能離開這片輪迴之地。這樣的場景和情節，在我的眼前歷歷展開。於是，作為「懸疑三部曲」的首部曲，《幽靈晚餐》的切爾西餐廳也就此開張。

很久之前，我便被阿加莎 · 克里斯蒂（Agatha Christie）《無人生還》（And Then There Were None）的故事結構深深吸引，在《幽靈晚餐》中，我希望同樣挑戰封閉式場景的創作形式。演員幾乎從不下場，在劇場中幾乎沒有燈暗的時刻，以此呼應這間餐廳中詭異地運作著的輪迴規則。

本劇想要探討的主題是校園霸凌，霸凌者本身自然該被譴責，然而，那些在旁邊冷眼旁觀、不曾發聲的人，那些「沉默的大多數」，我們又該如何看待他們？他們究竟有沒有罪？在劇中，我刻意將「事件的當事人」杜小亞隱而未現，讓切爾西餐廳的旁觀者、一位服務生為她代言。

在廣藝基金會第一屆表演藝術金創獎的試演會現場，我為觀眾們特別設計了四本小手冊，用杜小亞的第一人稱角度，重新書寫十年前高中時期、第一現場所發生的真相，以及當初與四位學長姐之間發生的故事，讓觀眾更有親臨其境的代入感，也奪得現場觀眾票選最佳人氣獎。而為了《幽靈晚餐》的正式演出，盜火劇團的全體成員也絞盡腦汁設計出了《逃出夢魘》桌遊，在演出現場作為周邊商品販售，也頻繁地收到「好玩到停不下來」的玩家回饋，這一切也都是盜火劇團全新而成功的嘗試。

附錄：《幽靈晚餐》首演資訊

第一屆廣藝基金會「表演藝術金創獎」銀獎暨現場觀眾票選最佳人氣獎

本作品劇場演出由廣藝基金會「三年創投營運計畫」主辦支持

二零二零年拾壹月貳拾壹日
首演於 臺南 新營文化中心 演藝廳

創團團長｜謝東寧
製作人 / 編劇｜劉天涯
導演｜何應權
副導演｜黃上嘉
演員｜吳言凜、舒偉傑、趙欣怡、蕭東意、鮑奕安
製作統籌｜鄭青青
宣傳統籌｜丁福寬
舞台設計｜趙鈺涵
音樂設計｜蔣韜
燈光設計｜蘇揚清
服裝設計｜黃致凡
妝髮設計｜鍾其甫
平面設計 / 攝影｜葛昌惠
舞台監督｜潘姵君
舞台技術指導｜吳倫樑
燈光技術指導｜莊家丞

音響技術指導｜蔡以淳
指定舞台製作執行｜山峸製作設計

主辦單位｜臺南市政府
承辦單位｜臺南市政府文化局、廣藝基金會
協辦單位｜財團法人台南市文化基金會
演出團隊｜盜火劇團
贊助單位｜廣達電腦

盜火劇團由留法導演謝東寧於 2013 年所創立，緣起於效法希臘神話英雄──普羅米修斯「盜火」造福人類，盜火劇團企圖以劇場力量，走入人群、影響社會。在創作方面，主要開發本土觀點的新創作，亦以導演的總體劇場觀念，詮釋當代新文本及世界經典劇作，期待透過劇場，能夠反映社會真實、土地情感，以全球的視野觀看，屬於華人生活的劇場圖像。

本團自 2016 年起，連續獲得文化部 / 國家文化藝術基金會「Taiwan Top」（演藝團隊分級獎助專案）肯定。

國家圖書館出版品預行編目 (CIP) 資料

幽靈晚餐 / 劉天涯作 . -- 初版 . -- [臺北市]:奇異果
文創事業有限公司 , 2023.12
　　面；　公分
ISBN 978-626-97089-8-7(平裝)

863.54   112019680

盜火劇團 懸疑三部曲 首部曲
幽靈晚餐

作者：劉天涯

美術設計：Johnson
封面設計：羽夏
總編輯：廖之韻
創意總監：劉定綱
執行編輯：錢怡廷

出版：奇異果文創事業有限公司
電話：（02）23684068
地址：台北市大安區羅斯福路三段 193 號 7 樓

總經銷：紅螞蟻圖書有限公司
電話：（02）27953656
地址：台北市內湖區舊宗路二段 121 巷 19 號

初版：2023 年 12 月 1 日
定價：新台幣 250 元
ISBN：978-626-97089-8-7